Mimi, Paul & Chabichou

NICOLE GIRARD PAUL DANHEUX
ILLUSTRÉ PAR MICHEL BISSON

Où est Chabichou?

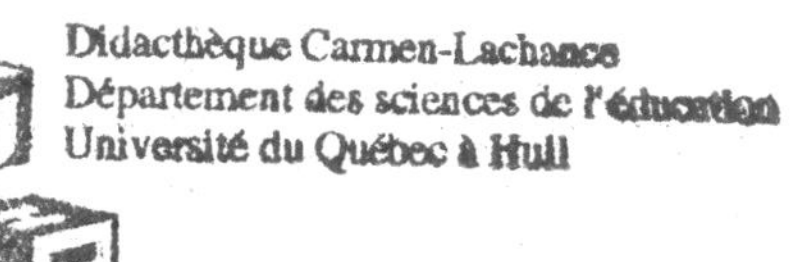

ÉDITEUR
ANDRÉ VANDAL

SUPERVISION LINGUISTIQUE
HÉLÈNE LARUE

DIRECTION ARTISTIQUE
ROBERT DOUTRE

ILLUSTRATION
MICHEL BISSON

OÙ EST CHABICHOU?

ISBN 2-89114-269-1

Dépôt légal 4e trimestre 1986
Bibliothèque nationale du Québec
Bibliothèque nationale du Canada

Imprimé au Canada/Printed in Canada

34 5 00 99 98 97

Ce matériel est le résultat d'une recherche menée dans le cadre du Programme de perfectionnement des maîtres en français de l'Université Laval, à Québec. Sa réalisation a été partiellement subventionnée par cet organisme.

On a cherché partout.

Chabichou n'est nulle part,
personne ne l'a vu.

Alors, on a écrit au célèbre détective Trouvetout pour lui demander: «Savez-vous où est Chabichou?»

En réponse, il nous a envoyé le questionnaire suivant:

	Oui	Non
1. Chabichou est-il sur l'évier?	( )	( )
2. Chabichou est-il sous la table?	( )	( )

	Oui	Non
3. Chabichou est-il au-dessus de l'armoire?	( )	( )
4. Chabichou est-il au-dessous de l'étagère?	( )	( )

Oui Non

5. Chabichou est-il derrière la porte? ( ) ( )

6. Chabichou est-il devant la fenêtre? ( ) ( )

7. Chabichou est-il quelque part dans la classe?

Oui	Non
( )	( )

Note: Si vous avez répondu NON à toutes les questions, c'est que Chabichou est ailleurs.

On était très découragés.

Tout à coup, on a entendu
rire et miauler dans le
jardin.

C'est lui! Regarde, c'est Chabichou!

– Que fais-tu là, Chabichou?

– Je fais de la gymnastique sur ta bicyclette.
Ça fait rire les lapins.

– Viens ici, Chabichou . . .
. tout de suite!
– Miaou, miaou, miaou!

– Miaou oui ou miaou non?
– Miaou non.

– Oh! le voilà qui s'envole dans le ciel!

Il s'est accroché par la queue à mille ballons rouges.

Il monte, monte, monte et
devient petit, petit, petit . . .

– Chabichou! Reviens!
– Miaou non!

Je pars en voyage sur la lune.
Bonsoir!

Trop tard, il est passé
derrière les nuages.